Adeus, cavalo
Nuno Ramos

Adeus, cavalo
Nuno Ramos

ILUMINURAS

1.
A máscara branca

Parecia muito velho por trás da máscara que uma sequência de cremes ia deixando branca. Para cobrir a calvície, seu assistente trouxe uma tiara de onde pendia, até a cintura, um manto aveludado. Quando se levantou, as mãos trêmulas, ocupou todo o camarim, surpreendentemente alto.

Darei a entrevista em cena, pronunciou gravemente, e seguiu para a sala de relaxamento, onde costumava adormecer antes de iniciar a performance. Girando o polegar na lateral da própria testa, o assistente piscou para o repórter.

Tinha tempo, agora. Passeou entre as coxias e as grutas aveludadas do velho teatro até encontrar seu lugar. Quando pousou os olhos no programa, onde metade do rosto do ator estava impressa, as luzes diminuíram e uma campainha soou. O teatro encheu-se dessa energia suspensa que centenas de adultos liberam ao sentarem-se silenciosamente no escuro, como crianças obedientes. Uma trompa veio das coxias; ruídos de uma cortina se abrindo, de passos e mecanismos arrastados; algo tombou e o palco acendeu-se.

O ator estava deitado. Vestia um quimono. Flocos parecidos com neve caíam sobre ele enquanto o resto do tablado permanecia intacto. Fazia gestos sutis com a mão e a perna direitas, pequenos tremores, como se saísse de uma convulsão. Então, levantou-se de um salto. Sua estatura, que espantara o jornalista no camarim, surpreendia agora toda a plateia. Mesmo entre as enormes cortinas de veludo do velho teatro, parecia imenso. Colocou-se na posição de largada para uma corrida de cem metros rasos, levantando a cabeça para olhar à frente. Em seguida, efetivamente largou. Correu desajeitadamente, sempre seguido pelos flocos de neve, até o proscênio. O jornalista espantou-se com a violência daquela máscara que vira de perto. Agora enxergava ali as penas de um pássaro desconhecido, a textura e a mobilidade de um cortinado rococó.

Fui um rouxinol, uma pedra, um peixe carnudo na corrente fria.

O silêncio prolongado em seguida à frase, dita de modo pausado e grave, pesou sobre todos. Estendeu os braços. Suas mãos, de tão largas, pareciam tocar as extremidades do palco. Dobrou os joelhos e caminhou num largo círculo, executando uma sequência tai chi. Então, bem no centro desse círculo, abandonou os braços e a cabeça, relaxando completamente, dobrando os joelhos e deixando a máscara cair. Sua boca, flexionada para baixo, indicava desprezo ou repreensão. Com a mão direita levantou a tiara, soltando a frouxa cabeleira e mostrando as laterais da calvície. Envolto agora, como uma múmia, em tiras de gaze fina, abriu os botões na altura do ombro, derrubando o quimono e pisando sobre ele enquanto caminhava até a pontinha do palco. Um leve sorriso pousou em seus lábios. Com os braços em arco sobre a cabeça, ergueu todo o peso do corpo na ponta do pé descalço, enquanto suspendia a outra perna até que ficasse paralela ao chão. Olhava fixamente para nós, sem qualquer vestígio de dor. Apoiando novamente os pés, numa lenta e larga mesura, pronunciou a última palavra que diria naquela noite – *Obrigado*. Voltando as costas à plateia (a neve continuava a cair sobre ele), mostrando as nádegas alvas que as fitas de gaze já não cobriam, caminhou para o centro do tablado enquanto as cortinas de veludo se fechavam. Menos de dez minutos tinham se passado. Não ocorreu a ninguém bater palmas, vaiar ou dizer alguma coisa. Com as luzes ainda apagadas, uma plateia incrivelmente dócil arrastou-se para fora no mais perfeito silêncio.

2.
Cavalo

(Desmaio aparente. Um bar. O velho apoiado na fórmica bege. Um pouco de chuva escorre por sua pele enquanto caminha na calçada. Fala baixo e para dentro, mas com uma empostação tão perfeita que todos parecem compreender.)

O bege dessa fórmica

(gesto lento e majestoso)

sou eu. Tenho a voz de um cavalo. CAVALO CONTINÊNCIA

Minha garganta é cheia de rosas. E muco. Ouça: vou contar. Mas fora, completamente fora

(gesto, apontando as coisas ao seu redor)

do tablado. Que palavra! Não digo nada ali. Nunca mais. Eu, o mizão do Nelson Cavaquinho. Uns restos de tabaco. Moedas. Uns restos de umas pétalas no bolso. Calma. OK. Mas é isso.

(pausa)

Adeus, cavalo

É isso. *Os restos de um coro. Ouça, amigo. Pedaço de um caniço* CAVALO TROLOLÓ

pensante. Órfico, grego. Pedaço de uma haste que sofre e lembra. Ali à minha frente. As ervas que crescem na duna. O antigo verão. A umidade da praia. Os dois se aproximaram. Seguiram a mesma pessoa. Ela. Parecia feliz em caminhar à frente deles. Até que uma luz enjoada, amarela, cobriu os corpos dos três enquanto rolavam na areia. Ok, estrelas. Neblina também. A noite veio e a ruína ao fundo tornou-se uma casa deserta de vidros quebrados. Sonhou com aquilo. Dormiu longamente. Eu. Apagou. Apaguei. Deixou os dois sozinhos. Eu deixei. Saímos depois pela praia. A umidade da praia. Eu e ela, depois. Mas ele já tinha provado seus CAVALO VISÃO

mamilos. Longamente. Agora ela era uma assombração e eu a consolá-la. Senta aqui. Malditas estrelas. Neblina também. Os ombros pra frente. As omoplatas. Me deixa. *Mas eu nem toquei você.* Toque agora. Eu quero. *Não posso.* Toque assim mesmo. Toque sem querer. *Não posso. Alô e adeus simultâneos.* Pegue agora. Toque neles. Aperte eles. *Mas ele já pegou em meu lugar. Foi a ele que você amou.* Desgraça. Eu não queria. *Me deixe aqui*

(gesto)

olhando as ok, estrelas. Vá para casa. Não posso. Me toque. *Não posso.* Então não faça mais nada.

(Senta no meio-fio. Gesto lento até esticar as pernas sobre o asfalto. "Põe essas pernas pra dentro, velho. Onde você mora?".)

Ele teve ela em meu lugar. Mas eu podia

(pausa)

encená-los. Que palavra! Que palavra! Cheira a veludo, poeira, bolor. Bambolina, plateia, lanterninha. Podia imitá-los. Recebê-los em meu

(gesto, o braço direito se erguendo como uma saudação)

corpo incomum. Moro aqui. Exatamente aqui. Você vai me roubar?

(Enquanto sobem, repara que a fórmica do lentíssimo elevador tem a mesma tonalidade do balcão onde o ator estava. "Vou colocar você na cama, velho".)

Na cama, não. Na banheira. Ali. A torneira é assim mesmo. Vai. Abre. Abre meu cinto, também. Eu pago.

(gesto)

Ó que cheio de rugas. Esquenta isso. É meio marrom, mesmo. Ferrugem. Cheio de dobras. Meu Deus! Era tão esguio. E pulava feito um cavalo empinando. Algo assim. Isso. Exatamente. Um pergaminho elegante, todo esticado.

Pronto para. Aqueles papéis. Cuidado. Vou ler pra você. Agora. Olha. Eu pago.

(atira as roupas num canto)

Sou eu o pagante, agora. Que palavra! Um peixe carnudo na água fria, já disse isso? O mizão do violão do Nelson Cavaquinho. Uma voz, todas elas. Um cavalo. Eu podia encená-los. Esfria isso. Vou ler pra você.

(gesto, a água da banheira até o peito, a mão com um maço de papéis apoiada na borda, como o Marat, de David)

Cuidado comigo.

(dorme)

3.
Os homens de guarda-chuva

(gesto súbito, o maço de papéis na mão direita, esparramando água pelo piso)

Casacos cinzentos no antebraço, os guarda-chuvas com as pontas para baixo, como as asas de um urubu quase tocando o chão. Foi assim que se apresentaram. Todos já saíram, querido. Vamos para a mesa? *Vamos.* As palmas das mãos pra cima, agora. Um futuro pela frente, lembra? *Não. Sorria.* Nome? *O meu.* Sexo? *O meu.* Desejos? *Os meus.* Profissão? *Agora a voz já não era bem minha.* CAVALO MONTANHA-RUSSA

Um rouxinol. Um poente. Eu disse que sou um poente. Um quê?, perguntaram em coro. Um disco riscado. Sou o portador de uma cor, mais exatamente. Querem mesmo saber, da cor cor-de-rosa. Saúdem em mim essa cor. Ele está bêbado, *falaram baixinho.* Nem de leve. Não bebi nada. O nosso querido está bêbado. *Não toquei em bebida, mas sou um poente. Um peixe carnudo. Um cavalo. E algumas vozes que não consigo saber de quem são. Ficaram ali parados me azarando, meio irônicos.*

Adeus, cavalo

(pausa)

"Fiquei para trás como um pássaro migrante que envelheceu e não pode mais voar. Voem, minhas queridas, voem com Deus!"

(gesto, batendo as mãos molhadas num aplauso lento)

"Fiódor Ilitch, o senhor fez mal em raspar o bigode."

(gesto, aumentando a velocidade dos aplausos e molhando os papéis)

Os homens de guarda-chuva disseram me amar. E querer me educar. Ensinar um ofício. Diga, o que é que vai ser? Mímico? Serralheiro? Calculista? *Não. Não. Ator.*

(gesto, abrindo os braços, as palmas das mãos pra cima)

Ator? Que ótimo! Ator! Nosso atorzinho, querido atorzinho, *disseram, empunhando os guarda-chuvas e abrindo-os. Agora pulavam em saltos pequenos, as pernas dobradas, as botas batendo, numa estranha coreografia ao meu redor,* ator, nosso atorzinho!*, enquanto dançavam e cantavam em coro.* E que dirá ao público? Empostará a voz? Dirá que é um poente? Será sincero? Dirá seu próprio nome, seu nome verdadeiro? Sua origem, endereço, data de nascimento? Dirá, por exemplo, como doeu chegar até aqui? Dirá que tem um corpo, que as pontas dos dedos ainda sentem, que a carne é

(gesto, amassando uma folha)

o escândalo da poeira?

(gesto, deixando a folha cair na banheira)

Que ela dá um salto súbito para outra... condição? Que tem partículas instáveis, elásticas, elétricas? Que a química, não os afetos nem a história das pessoas, é quem de fato a governa? *E riam, girando à minha volta, sem que eu entendesse nada do que diziam. Batiam em minha cabeça, quase me surrando. Até que um deles, o mais alto, fechou seu guarda-chuva sobre mim e girou meus ombros. Foi assim, coberto por um guarda-chuva, tonto feito uma cabra cega, que cheguei ao meu quarto, deitei e dormi imediatamente. No dia seguinte, não estavam mais lá.*

4.
Técnica

"Quando dormir numa casa onde haja estranhos, deite-se com o rosto para cima, para que nenhuma gota de saliva possa pingar e depois ser recolhida pelo inimigo."

(gesto, contando as folhas que tem na mão)

Margaret Mead. "Sexo e temperamento".

(pausa)

Editora Perspectiva, página 224.

(gesto, dedo indicador sobre os lábios)

Deve parecer natural, mas negando a naturalidade, parte do reino animal, mas fugindo a esse reino, pertencendo aos demais reinos, arrastando consigo a resistência ao humano que há na química. CAVALO SEMBLANTE

A memória é o fantasma que se ressente e reage, arrastando os móveis e as correntes, atravessando os sólidos, mancando muito,

(gesto, abrindo uma porta)

rangendo fechaduras e portas, dando sinais de vida. Descoberto em meio à palidez rosada e magenta, esse fantasma condena, com todo amargor possível, a vida que levamos, os filhos que tivemos, nossos amores, projetos, cachorros, jardins. O ator ouve essa sentença antes de todos, sofre por inteiro sua pena e atua para poder respirar, sorrir, beber, dormir de novo. Reúne o maior número possível de pessoas em torno de um tablado, pede que sentem à sua volta em silêncio, que esqueçam quem são ou de onde vieram e testemunhem sua fuga.

(gesto, arrastando os pés para a frente e para trás dentro da banheira)

A técnica do ator é a da memória feita cavalo – no sentido galope do termo, quando o animal reconhece o caminho de casa depois de um longo passeio. É a técnica da fuga transferida à glote, à narina, às partes externas do grande fole. A soma das vozes fugindo em distorções da garganta, matizes agudos e graves, trejeitos sutis, pigarros. No entanto, olhando para trás, reparando bem, é possível perceber os pequenos sinais que deixou enquanto fugia. Suas pegadas.

(gesto, fazendo aviãozinho com uma das folhas)

Pegada? Sim. *Como assim, pegada? Pegada na areia?* Sim, ou em outro material que sirva de molde. *O ator tem seu corpo impresso?* Sim. Em plena fuga. *E ele procurou por isso?* Ele finge que aceita, mas gostaria de passar ileso, atravessar o palco e sair pela porta dos fundos do velho teatro deixando a plateia atônita, esperando por ele. *Mas não consegue, não é? Sempre deixa algo para trás?* Sim, e tem de aceitar isso, lidar com isso, ao vivo e em cores, diante de todos os que quiserem pagar para ver.

(pausa)

Os pagantes.

(pausa)

Que palavra! Sua profissão é fazer isso, exatamente isso, diante deles, todas as noites, como se fosse a primeira vez.
CAVALO AO CONTRÁRIO

Mas ele é belo o suficiente para ter seu corpo impresso tantas vezes, como se fosse o modelo de uma escultura? É tudo um truque. Ele parece aceitar a modelagem, a cópia da carne viva, mas é só fingimento. Mesmo que merecesse, mesmo que fosse um Apolo que todos quisessem reproduzir, ele sempre trairia a sua marca. É aí que entra a técnica milenar que desenvolveu. Entre todos os homens e todas as mulheres, entre todas as profissões que há neste mundo, ele é o único que consegue apagar o próprio sinal. *Quando?* Assim que seu peso marca a areia; assim que suas digitais ficam impressas na textura de uma mesa, na fronha do travesseiro, numa maçaneta; assim que sua voz ecoa no cortinado da velha arena; assim que seu suor mancha o lençol em algum hotelzinho perdido no centro do Rio de Janeiro. O ator é exatamente isso, o traidor do seu sinal. *Como assim? Como assim?* CAVALO UM TRONCO

Não diga a palavra em cena para que te escutem, diga para que te vejam. Não faça o gesto em cena para que te vejam, faça para que te toquem. Eles

(gesto circular com uma das mãos, o polegar para cima, quase tocando o repórter)

pagam ingresso para que te esqueçam. Faça o mesmo com eles. Os pagantes. Assim, a um só tempo, toda a lenta modelagem com que te fizeram, *quem foi que fez isso comigo?*, os homens de guarda-chuva, *quando?*, quando dançaram ao seu redor em saltos baixinhos, dobrando as pernas, batendo no chão com as botas e dando tapas na sua cabeça, *sim, entendo agora*, quando fecharam aquele guarda-chuva em cima de você e te mandaram para o quarto, *sim, sim, me lembro bem, vai, continua*, toda a lenta modelagem com que te fizeram, a cera pingando com que te esculpiram assim exatamente como você é, será então perdida.

(gesto circular em sentido contrário ao anterior, agora com o polegar para baixo)

Todo corpo emite uma marca, um sinal, um resquício na toalha em que põe as mãos, no guardanapo onde limpa a boca, na axila da camisa, onde sua. Todas as marcas, ouve bem, todas as marcas do ator devem ser mentidas uma a uma, negadas minuciosamente, *todas?*, sim, *sem exceção?*, sem exceção nenhuma. Isso é o ator. O perseguidor dos próprios sinais, aquele que desfaz a cena ao som de uma sirene se aproximando. *Ele faz isso enquanto atua?* Sim. *E ninguém consegue impedi-lo?* Não.

(pausa longa)

Entendeu?

(gesto, dobrando cada uma das folhas que acabou de ler em forma de barquinho)

("Foi Procópio quem falou essas coisas?", perguntou o jornalista.)

5.
Noite de estreia ("O cerejal")

Plantamos o cerejal na luz. Cuidamos dele todos os dias. Para que nosso servo o comprasse; para que ficasse com ele; para que depois o derrubasse. Havia terra no palco. Uma montanha de terra.

(gesto, jogando água da banheira para cima e virando alguns barquinhos)

Aqui. Na luz. Pisávamos a terra, nossa terra, com o devido temor e reverência – como verdadeiros proprietários. Árvores enormes se espalhavam pelo palco, como se tivessem nascido lá. Mais de vinte cerejais floridos, os troncos enraizados furando o tablado até o chão do teatro. "Mamãe querida! Eu te abençoo. Você ainda tem seu coração! Puro, belo, bondoso. Plantaremos um outro jardim, mais esplêndido do que este." E demos início à derrubada antes que nosso servo o fizesse, proprietários raivosos diante da ruína. Lançamos os troncos sobre as tábuas do palco, raízes para cima, com grande estrondo. Nenhuma árvore ficou de pé. A plateia assustada afastou-se das primeiras filas. Atiramos pazadas de terra sobre ela. Comemos as cerejas de boca aberta, cuspindo longe os caroços, tentando atingir as pessoas. Consumimos todo o cerejal na estreia, antes que nosso servo o fizesse. De modo que nunca houve uma segunda apresentação.

Adeus, cavalo

6.
Aplauso

A totalidade das luzes sobre uma única pessoa. A totalidade dos olhos sobre um único corpo. O descompasso entre aquela solidão exposta e a confraria medrosa de nossos olhares. E uma maca aguardando. Claro, o ressuscitador cardíaco, as cápsulas de morfina, as caríssimas sessões com o psiquiatra. Como puderam bater as mãos assim, aquecendo uma palma na outra, e por tanto tempo, até que ficassem vermelhas, protegidos lá dentro da caverna aveludada? Como puderam uivar e mandar flores a ele, inteiramente isolado na luz branca e coletiva, e ainda oferecer, como compensação, manchetes entusiásticas?

(gesto, o indicador para baixo)

Mas uma casca havia crescido em seu corpo, uma espécie de resina o cobria agora, uma placenta antiga e ressecada, velha como ele, e suas palavras não eram naturais, nunca mais seriam. Mal saíam dele. Paravam em seu palato, na barreira dos dentes amarelados ou ainda mais longe, nas cordas vocais, lassas e moles, e só depois saíam, trabalhadas por sua técnica. Porque já não sabia a quem se dirigia, nem a quantos, nem onde eles

(gesto, o indicador para o teto)

os pagantes, estariam, ainda que sempre perto, ou mesmo à sua frente, rondando. Não podia escolhê-los, mas eles já o tinham escolhido. Conspiravam, protegidos por seus pigarros, sentados na contraluz, quase invisíveis em suas cadeiras de veludo, tossindo e rangendo os dentes. E assim aprendeu a aceitar e sofrer aquilo – ele, a grande libélula, que todos podiam ver sem serem vistos. Suas asas chamuscadas mal batiam, voando para longe, e já estavam de volta (embora quisessem tanto partir) para a humilhação dos aplausos.

(gesto, pousando na água a folha em que lia)

7.

"Um comunicado à Academia" (*a primeira vez que vi Procópio em cena*)

Um macaco que contava sua história a uma academia de ciência. Falava intercalando pequenos guinchos, alongando as vogais ou ressaltando fortemente as consoantes, mas sem tornar as palavras incompreensíveis. O estertor de seus grunhidos parecia um desvio quase insignificante à nossa voz e pronúncia diárias. Nós, os pagantes. Os três pagantes.

(gesto, mergulhando na banheira até o queixo, apenas a mão direita para fora, segurando as folhas)

Quem poderia dizer, enquanto coçava a pança, que um macaco fosse essencialmente diferente dos homens? No entanto, como doía ouvi-lo vestido numa espécie de fraque ou terno, depois num desses macacõezinhos de pelúcia rosa, mas em tamanho adulto, sentado diante da televisão, lendo, escrevendo, apontando para nós? E no final, de robe e polainas, tomando uma chávena de café com o dedo mindinho erguido, procurando agradar à família humana que o acolhera! A falta de dramaticidade do ator era já a tortura do bicho, como se borrar a fronteira entre símio e homem fosse a crueldade maior que pudesse cometer. No final, por mais que socássemos as mãos à procura de estardalhaço e volume, éramos só três para aplaudi-lo naquele teatro da Vila Mariana, em São Paulo. Procópio dirigiu-se a nós, agitando levemente, como se dedilhasse uma harpa, os dedos da mão direita, pedindo que parássemos.

(gesto, jogando as folhas para o alto)

Mostrou então os dentes e de repente saltou ao redor do palco, coçou a cabeça com furor, a barriga estufada, e grunhiu, em estertores variados, histéricos, por mais de um minuto, num burburinho descontrolado em que se percebia, sob a agitação sonora e gestual de um macaco (imitado, agora, de modo grotesco e caricato), a calma risada do ator.

8.
Procópio

Uma cera cobre a minha pele.

(gesto)

Tá quente demais, por sinal. Esfria isso. Eu pago.

(gesto)

É impermeável ao calor, aos mosquitos. Que palavra! Foi ficando grossa. Minha saliva também. Repara.

(gesto, cuspindo na banheira)

Esfria isso. Olha a nata. Meus sentidos foram dar uma volta. Só o tato ficou.

("Acabou a leitura?", perguntou o repórter, e, sem esperar resposta, "Quando conheceu Procópio? O que isso significou para o senhor?".)

CAVALO SALIVA *Eu me apaixonei por esse trambolho. Vidente, caolho. Alazão.*

(olhando fixamente para o repórter)

Procópio foi meu primeiro cavalo. Recebia diversas vozes, mas preferia apenas uma, um velho Lear de subúrbio que baixava nele

(gesto, as mãos em concha, como um megafone)

"Sou um homem contra quem pecaram muito mais do que pequei!"

(gesto, as mãos cobrindo as bochechas, a boca bem aberta, os olhos esbugalhados)

em certos fins de tarde. Eu me apaixonei por essa antiguidade. Parecia um pedaço de filme mudo movendo-se em preto e branco no meio de nós, bem mais jovens, elásticos, falantes e coloridos. Não era exatamente entre nós que se movia, mas entre fantasmas Nô,

(gesto)

"Não é um manto, é uma asa. Mas caiu na cratera do monte Fuji, onde a neve é quente. E desapareceu ali.

(gesto)

Dance. Dance e deixamos você ir. Mas o anjo perdera seu manto e não podia mais dançar." Eu olhava seus braços abertos, alongados ao máximo, como se tentasse tocar

Adeus, cavalo

as paredes daquele muquifo na Praça Onze. Sua boca cheirava como uma gruta onde palavras nascessem, crescessem, morressem, regadas desde dentro, sob o incêndio amargo do tabaco. As pessoas depois nos olhando, mas não era exatamente a nós que viam. Éramos um pelicano na praia, pássaro comum na Ipanema deserta daquela época, algumas poucas casas em terrenos enormes, houve mesmo um pinguim certa vez.

(gesto indiferente com a munheca)

"Voltarão para casa ou nada de sexo!" Ou travestidos. A blusa de algodão e duas peras como peitos, ou pequenas jacas, quatro mamilos peludos. Era muito, muito engraçado. Então nos apaixonamos, no sentido de ser mais excitante estar juntos do que em qualquer outro lugar; de ser mais excitante tatear entre quatro paredes uma sólida paralela, para sempre paralela, a tudo o que havia fora dessa parede, ao burburinho monótono de uma tarde quente, mas sem possibilidade nenhuma de convergência entre essas linhas. Um único pulmão alternativo, mútuo. CAVALO PINOTE

Minha visão já não pode ver, só ser vista. Minha visão desejava que aquilo que via, que por tanto tempo se empenhou em ver, tivesse agora olhos para vê-la, trocando de lugar com ela. Mesmo quando estava no palco, oferecendo-se, uma flor consumida por um sol-

(gesto)

-plateia

(gesto, com raiva)

que cega o ator, mesmo nessa hora minha visão já queria poupar-se, fechar-se em óculos escuros de delegados sinistros, em guturais dentro das guturais, labiais dentro das labiais, um texto dentro de um texto que só eu ouvisse – o teatro, todo o teatro, os três mil anos de teatro, dentro de nossas duas orelhas.

(pausa)

Mas agora quer, é só isso o que quer, minha visão. Ah, como quer que a vejam!

(gesto e relincho breve)

A questão é saber se eu mereceria isso, ser visto, se seria belo o suficiente para isto – ter o refletor sobre mim, sofrer o peso do olhar alheio, próximo o suficiente da pele de um pêssego, da pelúcia de um androceu, de um gineceu, de quem sou, fui, serei, daquele em que me tornei.

(pausa)

Isto aqui.

(pausa)

Adeus, cavalo

Pois me abro, e sou um velho, à temperatura da visão, sentido estrito de uma distância que me incluía e não inclui mais.

(gesto, girando rapidamente o polegar em torno da orelha)

Me tira daqui! Passa essa toalha. Sou eu o pagante. Que palavra! Que palavra! Esfrega com força. Tá vendo? Parece cera. Não passa nada. CAVALO CUSPARADA

Quando foi que fiquei assim? Miséria. Molha um pouco essa bucha. Cheio dessas rugas.

(gesto, apontando o repórter)

Outra. Mais uma. Parecia um pergaminho, todo esticado. Quero que me cubra, quero que me ajude a,

(gesto súbito de hoplita grego, como se fosse atirar uma lança)

não, não quero que me ajude a fazer nada. Todos me perguntam sobre Procópio e aquela época com Procópio, o Teatro Sem Plateia (TSP), o Teatro Em Qualquer Parte (TEQP) que fundamos, mas meu amado primeiro cavalo, ainda jovem, embora mais velho do que eu, expelia vozes como um veneno doce, próximo ao motor da parecença de tudo, bicho e planta, tapetes, armários e gavetas, e aquilo que vai dentro das gavetas, pontas de lápis, borrachas, durex sem cola, bics sem tinta, clipes tortos. Depois, já do lado de fora, as paredes caiadas e os terrenos baldios, as longas línguas de asfalto, os insetos e nós mesmos, um dentro do olhar do outro. Era esse o motor do que fazíamos, a parecença difusa, a contiguidade absurda em tudo o que tocávamos ou assistíamos, não em metáforas, mas no próprio suor que as coisas soltavam diante de nós, derretendo levemente,

(gesto de quem pousa cuidadosamente uma lança na água)

mesmo aquelas já dicionarizadas, partes obedientes de uma oração. Acredite, eu recebia aquilo como uma oferenda quotidiana, sem estranhar o milagre, mas depois guardava tudo num nervo íntimo. Parecia um superpoder, esse guardar, numa dobra do meu cérebro, absolutamente tudo o que fazíamos, e o que fazíamos era uma coisa ainda tão secreta, mesmo para Procópio, que nem Ungaretti,

("Como era Ungaretti!? Como era Ungaretti?!", perguntou o repórter)

(gesto, como quem afasta um mosquito)

nem a mais atenta plateia, nem o mendigo pré-socrático, nem o clochard beckettiano perceberiam. Era como se eu me dirigisse ao balcão de uma poupança íntima todos os dias e pusesse de lado uma parte do que vivia – que em certa medida furtasse uma parte do que vivia, como quem guarda um doce para comer depois, uma fatia bem medida daquilo que Procópio me entregava e eu secretamente preservava, e por isso sou longevo, por isso você fala comigo agora, por isso sobrevivi a Procópio e ao próprio Nelson, por causa dessa poupança que fui fazendo sem que ninguém, principalmente Procópio, pudesse perceber. Mas no final percebeu e nunca mais falou comigo. Pois não era possível,

(gesto)

para mim era evidente, não era possível continuar, como se fosse natural, aquela enciclopédia de todos os autores, de todos os atores, de todos os maquinistas e iluminadores, de todas as coxias e marcações de contrarregras e maquiagens e vestuários e cordames e cenários, de todos, mas todos mesmo, os teatros,

(gesto, como quem apanha um mosquito)

de arena, palcos italianos, elisabetanos, mesmo enquanto dormíamos – eu e Procópio, sempre eu e Procópio, naqueles anos dourados. Qualquer um perceberia que não podia durar para sempre o escândalo daquela sopa de interpretações, a putrefação contínua das personagens formando um mímico preexistente, já pressuposto, sim, e Ungaretti foi quem percebeu isso primeiro, foi ele quem introduziu esse conceito, de um mímico que nos fizesse atuar como bonecos. E o fez contra nós, como quem diz "cuidado", querendo afastar-nos, eu e Procópio, disso, criticando, em suma, essa peruca-mímico, luva-mímico, sapato-mímico, voz-mímico, que antecipava nossos gestos e entonações enquanto acreditávamos que os inventávamos, naquele quartinho de hotel barato do centro do Rio de Janeiro.
CAVALO TAMBORIM

Ungaretti pedia que estrangulássemos o manipulador, *o maldito titereiro, como ele o chamava.* "Nós somos o boneco, somos apenas o boneco, Ungaretti!", *respondíamos em uníssono, Procópio e eu,* exatamente, é isso mesmo que vocês são, e por isso devem aproveitar o menor descuido dele, passar as cordas no seu pescoço, fazê-lo tropeçar, e...

(gesto, as mãos enforcando o próprio pescoço)

Ah, como inventávamos autores, gregos, turcos, armênios, dramaturgos com biografia remota, que introduzíamos todos os dias, marionetes ou não, bunrakus ou não, lituanos, eslovenos, croatas, todos em sua língua própria, e ainda aqueles manifestos todos de vanguardas interioranas, rurais, escandinavas, os centros dramatúrgicos amazônicos, os últimos mitos na língua Jê, misturas do que ouvíamos e anotávamos antes de esquecer completamente (mas eu nunca esquecia). Teatro como um rouxinol, uma pedra, um peixe carnudo na corrente fria. Como o mizão do violão do Nelson Cavaquinho. Teatro como quem

(gesto, descendo da banheira)

é. Me tira daqui. Eu pago. CAVALO APITO FINAL

(O repórter embrulha o velho na toalha felpuda.)

9.
Ungaretti

Era mais um autor do que um crítico, propondo ruínas de espetáculos a cada momento, escrevendo sobre guardanapos ideias ótimas misturadas a bobagens que dava até vergonha de ouvir,

(gesto, esfregando a toalha nas costas)

Fedra é que é!, *enquanto nos pedia* o coro dos editoriais, das cartas ao leitor, o coro dos obituários. *Procópio e eu já estávamos cansados das vozes que ouvíamos um dentro do outro e Ungaretti apareceu como um acontecimento sonoro fatal e inevitável, um sino batendo fora de nós com um peso novo para a idade e a alegria que tínhamos, eu e Procópio e o que fazíamos com nossos corpos,*

(gesto em espiral, deixando cair a toalha felpuda)

êmbolos quebradiços afundando para dentro de cada partícula de nossa

(gesto, caminhando até tocar a parede de azulejos e tapando o rosto com as mãos) *carne excitada.*

(gesto, abrindo os dedos sobre o rosto)

Ou então fora de nós, nos tijolos da casa, na mobília do quarto de hotel, numa forma de otimismo propriamente física, contígua às coisas físicas, que nunca perdemos enquanto estivemos juntos. Ungaretti aparecia com o peso novo de seu completo fracasso, sua ruína italiana, sua euforia lerda e cinzenta, o último momento de um cachorro eviscerado à cata do filhote que perdera, mas posto ainda assim a uma distância segura, olhando para aquilo de um lugar que era só dele, e sem que a consciência disso pudesse paralisá-lo, ao contrário, ao contrário. Estrangulem o titereiro, enforquem ele nas tripas da última marionete! CAVALO CORAL

Antonietto, seu único filho homem, morreu em São Paulo aos nove anos de idade.

(gesto, pisando a toalha caída no chão)

Morreu de uma apendicite mal curada. CAVALO OUTRA VEZ

Chamava o nome de Antonietto,

(pausa longa)

sem que a consciência disso, que marcava cada sílaba que

Adeus, cavalo

dizia, pudesse paralisá-lo de vez. Tapava os ouvidos quando respondia ou afirmava alguma coisa, como se fosse uma súplica de que não gostasse ou que não pudesse ouvir até o fim. Se a história do teatro estava em nossa voz, minha e de Procópio, as vozes de Ungaretti eram propriamente dele, distanciadas por toda aquela cultura mediterrânea que possuía tão naturalmente, pelas duas guerras que vira de perto, pelo filho que perdera, pela mulher que voltara para a Itália, resíduos sem coesão, migalhas de pão espalhadas na mesa, restos mal gravados de um murmúrio num fim de festa, quando a música acaba e todos vão embora.

(gesto, dando as costas à parede, baixando as mãos e mostrando finalmente o rosto)

As luzes de Niterói, onde Ungaretti se refugiou para todo o sempre a partir de 4 de março de 1974,

(gesto, abrindo subitamente os braços)

as luzes de Niterói apagavam-se todas as noites diante dele; acendiam-se subitamente diante dele, refletidas na baía. Ungaretti imitava mola, porta, aspirador, carro com bateria fraca, entre longos fragmentos do "Zibaldone" e lentíssimas caminhadas pela orla. Dizia que viera a pé de São Paulo; que não ouvia a própria voz há dois anos e meio e por isso agora falava tanto. Deitado, parecia de pé; de pé, deitado. Dormia acordado. Era um chinês, uma alínea, um ponto e uma vírgula, a sentença de um juiz severo para um prisioneiro inocente. Nós, do outro lado da baía, o chamávamos,

(gesto, recolhendo os braços)

volta, amigo, abandona Niterói, venha falar mal de nós! Seja apenas o que sempre foi. Venha fundar o novo teatro brasileiro! O TSP, Teatro Sem Plateia, aprisionado no corpo do ator! O TEQP, Teatro Em Qualquer Parte, aprisionado no corpo de qualquer pedinte, esparramado em todos os jornais velhos, colheres tortas, panelas, gambiarras, gestos, adereços. Venha quebrar as lâmpadas, queimar as cortinas. Venha nos livrar da confissão. Venha nos libertar de nosso ofício. Venha cortar as nossas mãos. Venha arrancar nossas cordas vocais!

(gesto, sentando na borda da banheira)

Olha que arranco mesmo, seus filhos da puta, *ele dizia, dormindo na fórmica de algum balcão,* por deus ou pelo violão do puto do Nelson Cavaquinho, *apresenta ele pra gente, Ungaretti!*

(pausa tensa)

Salvatore Quasimodo! Apresenta o Nelson Cavaquinho pra gente!

(gesto impassível de orador romano)

Juro que arranco essas cordas das gargantas de vocês só pra não ter de ouvir essa lenga-lenga. *Ungaretti visivelmente acreditava em tudo o que dizia e em tudo o que diziam a ele, era essa a sua infelicidade, pois para alguém que encontrara o grande ensaio aberto de uma tarde infindável, solar, tropical, quente como a lambida de um mamífero, para quem abandonou para sempre a luz temperada, mediterrânea, e o périplo infindável de volta a casa e a toda e qualquer poesia,*

(gesto, soprando uma vela)

acreditar tanto assim pode ser a pior sentença, a perda de qualquer distância, o amor quase físico não só pelo texto, pela encenação, pela plateia mas também pelos tacos e carpetes, pelas pulgas das poltronas, pelo cortinado de veludo puído, pelos insetos voando na luz, pelo rangido elétrico das lâmpadas nas noites de pouco público, pelos perdigotos mesmos do ator. Ungaretti já tinha transposto essa fronteira entre ato e voz, como se pudesse abandonar os teatros com que sonhara para acreditar no puro gesto – não no gesto como a matéria da pantomima, um recurso clássico do ator, mas no suor, nas digitais, no tremor das suas mãos, nos pequenos excrementos

(pausa breve)

miméticos. CAVALO AGORA

É isso! É isso! *Peças encenadas a cada momento e por toda parte e por quem quer que seja, bicho, gente, pneu.* Tudo se parece!, *dizia Ungaretti.* Tudo se parece com tudo! Não há nada para levar ao palco senão a semelhança! *Mas e Brecht, Ungaretti, a ironia, Ungaretti, o distanciamento?, nós perguntávamos, rindo, mensageiros da sua idiotia.* Não há!, *respondia gravemente,* não há nenhum distanciamento mais, isso acabou faz tempo! *Então, Ungaretti, isto aqui é a Grécia, isto aqui virou a Grécia?, Ungaretti, o Rio de Janeiro agora é Atenas?* Sim, e vocês são a prova disso, mas sem os escravos nem a Guerra do Peloponeso, sem os arautos, as ágoras, sem aqueles veados todos, apenas o violão

(gesto)

do puto do Nelson Cavaquinho. *Então vamos dormir, comer, trepar, Ungaretti, tomar banho de mar e mais nada!?, Procópio respondia, já falando sério. Então tá tudo bem e perfeito e a vida finalmente encontrou a vida?* CAVALO VERMELHIDÃO

Encontrou, *Ungaretti respondia, inabalável, recostado no balcão, imitando sotaque português para que parecesse uma piada, mas acreditando em cada palavra que dizia,* encontrou sim, a vida encontrou a vida bem aqui no Rio de Janeiro, mais precisamente no centro do Rio de Janeiro, depois que Antonietto se foi e a poesia se foi e a Revolução se foi e duas grandes guerras terminaram, depois que o enorme teatro se abriu diante de mim e um pelicano desabou de cabeça em plena praia de Ipanema, a vida encontrou a vida na tarde luminosa do dia 4 de março de mil novecentos e setenta e quatro, *Ungaretti dizia, imitando sotaque ítalo--português, fingindo ironia mas sem ironia nenhuma, meio dormindo na fórmica bege do balcão de algum boteco.*

(gesto, tosse)

Adeus, cavalo

10.

4 de março de 1974 (a ponte é inaugurada)

Descrevo.

(gesto, pondo um dos pés dentro da banheira novamente)

Antes me espantava que um dia, um único dia, existisse completamente, cheio de burburinho e de raiva, fora das minhas pestanas. Haver ruas e ponteiros e pessoas sem a minha presença. Que palavra! Hoje me espanta que eu ainda esteja entre elas, essas pessoas, entre suas roupas e seu modo de falar, seus passos tontos,

(gesto, batendo o pé e levantando a água da banheira)

que me parecem todos muito mais sólidos que eu. Antes, era eu quem tinha peso. Agora descrevo – vê? Qualquer um me carrega, como uma mobília de madeira fina. A luz quase me atravessa. Não levo nada comigo.

(gesto, olhando fixamente para o repórter, os quatro dedos ao lado da boca retorcida, como quem diz um segredo para a plateia)

Agora quem está falando é Ungaretti.

(gesto, as mãos subindo pelas coxas e tapando o sexo)

Ainda haverá, com certeza, rapadura e rabada e dias felizes, e ainda o mizão do violão do Nelson Cavaquinho, *Pode apresentá-lo pra nós?, eu e Procópio pedíamos em coro, sem deixá-lo completar a frase, é o que mais queremos, Ungaretti!*

(gesto, as mãos crispadas, como num filme de cinema mudo)

Ainda o mi metálico no violão do puto do Nelson Cavaquinho, mas também o contrário, os dedos amputados da grande tecladista, as cordas extraídas da garganta da soprano e dos pássaros escuros, a pequena fatia de úmero que arrancaram ao campeão de salto – quanta merda aconteceu

(pausa)

e ainda acontece

(pausa)

nessa vida, e ainda os povos exterminados por cuidadosos genocídios virais, quando não por bala ou voz pronunciando alto, sílaba a sílaba, o longo salmo de uma longuíssima bíblia – estou dando um salto da escala da vida de um indivíduo para a de um povo inteiro, compreende? –, sim, mas hoje vejo com clareza, como pude esquecer e dormir tranquilo

Adeus, cavalo

e fugir do óbvio? *Eu não estarei lá, nem aqui, para ver ou saber ou contar o que vi.* CAVALO-MARINHO

Vou estar misturado aos peixes, sarcófagos, aos esôfagos dos batráquios e minha mente, famosa mente, e minha língua, famosa língua, meus gestos célebres, executados sobre a fórmica colorida das padarias e dos botecos, valerá tanto quanto esse barro e o que há dentro dele. Ainda haverá rabada e galinhas ciscando pela casa, e latas de cerveja e crianças bêbadas de sono e de maus-tratos. Montanhas de minério serão levadas nos porões de barcos bojudos até o coração da China e, em troca de algumas moedas, ao toque de alarmes, pistões, relógios e motores, azeitados com graxa escura, crianças chinesas transformarão essas montanhas em sólidas vigas de aço,

(gesto, abrindo as mãos e apontando para a parede)

mas eu, eu – como pude esquecer? –, não vou estar ali para ver, como estou aqui e vejo, agora vejo, vejo perfeitamente vocês diante de mim.

(gesto, aproximando os dois dedos da mão direita, em V, dos próprios olhos esbugalhados)

Então os cantores de melodias puras, eunucos afinadíssimos, os dançarinos de passos lentos e voadores sobre as águas da baía e o próprio violão do Nelson Cavaquinho, *Quando conheceu Nelson? Que idade ele tinha? Quais canções ele tocou? Pode apresentar ele pra gente? Por favor?*

Por favor!?,

(gesto, levantando os ombros com indiferença)

tudo ficará, aqui está e ficará, como sempre esteve, sob a cena ensolarada da baía, sob as camadas de sal e esgoto dessa baía, porque e na exata medida CAVALO SILOGISMO

em que eu não estarei.

(pausa longa)

Há um bloco de cantores congelado em videoteipes e fitas de celulose. Posso movê-lo ainda, libertá-lo de seu torpor vaporoso, dessa banheira grudenta em que todo o Rio de Janeiro mergulha por meses a fio, liberando também a cidade para a grande cena coletiva, ensaiada ao longo dos anos, aquele conjunto de anjos com paetês, adormecidos debaixo do viaduto, esboçando passos de samba e que de repente se lançam, frenéticos, uns sobre os outros. Sim, posso liberar todo mundo para seu próprio teatro – minucioso, completo, a soma perfeita dos atos quotidianos de cada burro de carga, cada cachorro manco ou cidadão respeitável. Mas, repito –

(pausa)

e como pude demorar tanto para entender? –, eu não vou estar aqui para ver esse espetáculo. Que palavra! Essa banalidade.

Adeus, cavalo

(gesto lento, abaixando a cabeça e abrindo os braços, como quem recebe aplausos)

Não tá dando pra entender nada, Ungaretti! Fala do Nelson. Como ele é? Tocou pra você? Com quantos dedos? Cantou? Fala. Fala.

(gesto, as duas mãos à frente, como quem dá uma braçada de nado clássico)

CAVALO JABUTI Nelson parecia um anão albino, a barriga dura e feia. Só fazia o que queria. Tocava com três dedos, nunca mais que três, um misto de batuque em panelas velhas com chuva matutina caindo na sarjeta. Seu cabelo, muito grosso e branco, cobria os ombros pequeninos. Quase dava para contar os fios, de tão espessos. As pontas de seus mamilos eram rijas e salientes, como se estivesse amamentando alguém. Era o Nibelungo do anel dos sambistas, e sua voz carregava asfalto. Carregava avenidas, cachorros, mormaço, palavras míticas como *pierrô*, *cabrocha*, *cadência*, embora nunca tenha ouvido ele dizer nada disso. Carregava tabaco, o sal que pousa sobre as algas e o leite das mamonas. Em suma, sua voz carregava passos. No dia da inauguração, atravessei a pé a ponte, essa ponte aí, a ponte Rio-Niterói, acompanhado por ele. Estou falando de Niterói, a feiosa, erguida bem em frente a essa aqui,

(gesto)

a maravilhosa. Niterói, onde vou me refugiar para todo o

sempre depois desse dia, do que aconteceu nesse dia, o dia triunfal da minha vida, 4 de março de 1974.

(pausa longa)

Estava sendo inaugurada, mas não estava pronta. Faltavam as faixas amarelas no asfalto e boa parte do guard-rail. Depois dos discursos costumeiros, cortaram a fita e permitiram que, antes da entrada dos carros, o público caminhasse por toda a sua extensão. Os ternos pretos, as medalhas militares, os chapéus e os saltos altos iam à frente, em cortejo, enquanto seguíamos, no meio da multidão, eu e o grande Nelson Cavaquinho, montado em seu cavalo. De repente, um pé de vento me jogou, ou então fingi que me jogou, e despenquei do imenso vão central, ali onde o guard-rail não estava pronto. Durante um longo intervalo caí sobre as águas da baía, debaixo do olhar atônito da multidão. Acordei dentro dessas águas, entre arraias e badejos, esponjas, conchinhas, siris, garoupas e treliças de vigias, madeirames e restos de barcaças, cruzes, pérolas, moedas. Procurei mas não vi Antonietto em lugar algum. Quando voltei à superfície, olhei para cima e reconheci Nelson Cavaquinho, montado em seu cavalo, acenando para mim. Respirei largamente, conheci que estava vivo e andei sobre as águas – essas águas aí –, eu andei sobre as águas da Baía de Guanabara em 4 de março de 1974, sob o olhar espantado da multidão. Depois voltei para casa, de ônibus.

(pausa longa)

Adeus, cavalo

Eugenio Montale, isso não é verdade. É claro que é. *Francesco Petrarca. Torquato Tasso. Isso é cascata.* Eu caminhei sobre as águas

(gesto, os dois braços sobre a cabeça, como quem é rendido por uma arma)

dessa linda baía aí. E Nelson Cavaquinho, montado em seu cavalo, acenou lá de cima. E os anjos tocaram as trombetas, anunciando o milagre. *E por que ninguém ouviu? Por que ninguém no Rio de Janeiro deu por isso?* Porque estavam inaugurando a ponte e em toda parte havia um congestionamento terrível. Por causa das buzinas. Porque todo dia acontece uma coisa assim e ninguém repara, nem publica, nem sabe. Porque...

(gesto, o indicador sobre os lábios pedindo silêncio)

11.
Um solo

CAVALO UMA TENDA *Lembro porque ele morreu logo depois. Eu e Ungaretti sentados no carpete bege de um motel, a bunda coçando. Procópio de pé sobre o colchão, a careca refletida no espelho redondo do teto, entre almofadas de couro falso e pelúcia colorida. Se ao menos parasse de pingar nas minhas costas. E nós, em uníssono – Ícaro! Então apontou para Ungaretti:* Esse fica sendo você! *Em seguida, a voz muito aguda, continuando com as adivinhas,* Preso ao pequeno pão de açúcar, transformado num lentíssimo patê, *e nós, eufóricos – Prometeu! Prometeu! Agora apontou gravemente para mim, olhando lá dentro dos meus olhos,* É você, lembra! *Então percebemos que nenhum de nós estava rindo.* CAVALO FREQUÊNCIA MODULADA

Para ele já não importava, riso ou não riso, para ele nós dois éramos exatamente o que ele achava que sabia que nós éramos – um, o sobrevivente, o verdadeiro Ícaro, caído da altura inteira de uma ponte, inaugurada sem estar pronta em 4 de março de 1974, e o outro,

(gesto discreto, apontando o próprio peito)

Adeus, cavalo

eu, Prometeu, o ladrão siderúrgico, condenado a envelhecer atado ao rochedo do teatro, do teatro mesmo, com gestos e berros perfeitos, ou dentro daquele tubo entre refletores e falas murmuradas, mas não em nosso TSP nem em nosso TEQP, nunca mais nas vozes, CAVALO MANCHA DE MOFO

êmbolos lentos

(gesto, fechando as mãos)

penetrando cada textura, e a cálida porcelana de nossos órgãos, a tumba coletiva onde ecoavam os solilóquios ou vitupérios, as marcas desse texto coletivo, chinês e goiano, egípcio e capixaba, escrito nas estrias, manchas e cicatrizes, de que nos orgulhávamos tanto.

(gesto)

A camisola! Eu pago! Que palavra! Cuidado! A camisola, não esse pijama, querido, não esse horrível pijama listrado. Sim, a camisola branca.

(gesto, piscando um olho para o repórter)

Condenado, já condenado, como você vê, pode ver, vê agora afinal, neste estado em que estou, condenado ao palco onde me viu há pouco, de onde nunca mais saí, enquadrado entre as paredes de veludo e as poltronas onde ela estaria. Sim, ela, a minha...

(gesto, escondendo o corpo entre os joelhos)

plateia. Que entregou, sem ganhar nada em troca, aquilo que não poderia ter entregue tão facilmente,

(gesto, levantando o corpo e girando rapidamente os dois polegares em torno aos ouvidos)

sem qualquer sinal de luta, a nós. Nós! Que vocábulo! E quem pessoalmente pensamos que somos, senhores,

(gesto, o dedo apontado como uma arma para a têmpora esquerda)

nós, o que seria mesmo? Os que continuamos a sê-lo?

(pausa longa)

Procópio sabia que eu seria um deles, sabia perfeitamente naquela tarde em cima daquela cama, seu tablado ou tribunal, num motel de carpete bege que fazia a nossa bunda coçar, uma nave espacial suburbana feita de espelhos e camurças, corinos e pelúcias, móveis velhos e manchas no carpete, desempenhando seu último papel diante de mim CAVALO VENTILADOR DE TETO

e de Ungaretti. Lembro perfeitamente, porque ele morreria

Adeus, cavalo

logo em seguida. Um monólogo. Um solo. Ele parecia confiante com a definição que encontrara para o que tinha diante dos olhos – o sobrevivente de um enorme tombo, apelidado Ícaro, em rota de despedida, e um envelhecedor, um Prometeu, portador do fogo alheio, é assim que me chamava ao fim dos nossos múltiplos mistérios órficos. CAVALO DIMMER

Encontrou sua plateia, *dizia, apontando o dedo para mim,*

(pausa)

encontrou a maldita e nunca mais, presta atenção, nunca mais, entendeu?, sou eu quem garante isso, *e pulava no colchão redondo,* nunca mais

(gesto, rebolando os quadris)

cavalo, entendeu?, – vai trair, ao mesmo tempo, o sem plateia e o em qualquer parte, surdo para os sopros e os ícones visuais dos mortos. Nunca mais *(e batia no peito)* vai carregar a fúria analfabeta dos meus *(batia na testa)* autores *(batia na bunda)*, os *(batia nas paredes, no lustre, no espelho, em nós dois, subindo e descendo do colchão, aos saltos)* compositores sem canção, pintores sem paisagem, os... desertores!

(gesto, socando uma mão na outra)

E quem são os desertores, Procópio?, perguntamos em uníssono. A longa legião dos molambos, anjos sem asa, cantores sem voz, fodedores de cona, enamorados da chuva, cachorros espíritas, losers em looping – toda essa turba sou

(gesto, cospe)

eu!, unicamente, apenas

(gesto, cospe)

eu, e não, e não, e não

(gesto, cospe)

e nunca

(gesto, cospe, o dedo rijo apontado para o repórter)

você, patê de abutre, ladrão do fogo alheio.

(gesto, vestindo a camisola)

Deixa ver se entendo o seu argumento, Procópio..., respondi calmamente, enquanto piscava um olho para Ungaretti.

Adeus, cavalo

12.

Um diálogo entre Nelson e Procópio, transcrito por Procópio

Posso contar suas rugas?

(gesto, apanha um maço de folhas no chão e lê; apalpa o rosto do repórter, que tenta acabar de vesti-lo)

É um mi, Nelson? Não, talvez um ré. Menor.

(gesto, encosta o ouvido numa parede imaginária)

O TEQP já foi feito, Procópio, só você não vê. A própria canção, qualquer canção, é um teatro em qualquer parte.

(gesto, os braços em xis sobre o próprio rosto)

Nós usamos as mãos, usamos os pés, cheiramos mal, respiramos o ar real, derrubamos cerejeiras reais, cuspimos caroços no público, incendiamos asas e mantos ao vivo, sempre ao vivo. Não há, guarde o que estou dizendo, não há transmissão no teatro, Nelson, ninguém liga o teatro enquanto está fazendo outra coisa e deixa ali tocando, não há teatro *a distância,* nem canção, não se transmite canção, ela acaba entrando no ouvinte até que ele não aguente, fique enjoado e vomite, *vomite o quê?,* a mesma coisa que entrou, uma hora ele não aguenta mais e canta, tem de cantar, ou pelo menos dança um passinho ou assobia o que ouviu. Esse assobio é tudo o que vocês querem. Procópio, o teatro de vocês cabe todo em um cara assobiando na rua, o Teatro Em Qualquer Parte, o Teatro Sem Plateia, isso tudo é só um cara assobiando.

(gesto, a boca para baixo)

Claro, claro, como esse carnaval de zumbis, com essa possessão que uma dúzia de bumbos comanda, que a linha da melodia dirige, que pode ser repetida igualzinho e termina no último acorde! Uma possessão que espera sua vez de solar e fica quieta quando o solo do outro começa?

(gesto súbito, a mão em espiral)

Ouve, Nelson: nosso teatro era uma rua depois da enchente, uma mata depois do incêndio, infiltrando-se por cada cabelinho da nuca de quem passava perto dele.

(gesto, o dedo apontando a água da banheira)

Apareciam até queimaduras de segundo grau na pele de quem assistia. CAVALO RELINCHO

(gesto, enchendo as bochechas de ar)

Cuida dele. Cuida dele pra mim. Vim até aqui pra dizer isso.

Adeus, cavalo

Pra pedir isso.

(gesto lento apanhando água com a concha das mãos e jogando sobre a cabeça, molhando os azulejos do chão, as folhas que lia e a camisola que tinha acabado de colocar)

Ungaretti já me pediu isso, Procópio, *Sim, eu sei.*

(o mesmo gesto novamente)

Acho que estou morrendo, Ungaretti também me disse isso.

(pausa longa)

Toca alguma coisa, isso nunca, *toca alguma coisa pra mim,* não há nada que eu possa tocar, Procópio, você me amaldiçoaria como já amaldiçoou quem pagou ingresso pra te ver, *sim, eu fiz isso,* e levará com você, só com você, sem testemunha nenhuma, um pequeno trecho de obra-prima, *passei tão perto, cheguei a sentir algumas sílabas batendo em meu ouvido,* levará sem ninguém saber o alcance dessa promessa, o significado que teria para ele,

(gesto, abrindo completamente os braços e respirando fundo)

esse gigante adormecido, o grandalhão indiferente, essa serpente endinheirada, vestida como uma esfinge parisiense ou um zumbi nova-iorquino, exibindo bolsas, joias e saltos altos, em suma...

(gesto, coçando o nariz)

esses caras aí. Os pagantes. Que palavra, não acha? E que coisa tão cruel: um trecho de obra-prima sem ninguém do outro lado para ouvir.

(pausa)

Foram tantas, juro, fechados entre aquelas paredes, onde?, *em pequenos hotéis, não lembro os nomes,* por que não saíam para a rua?, *já estávamos nela, nosso quarto era a rua, as pedras soltas, os bueiros e os ganidos, aquela multidão de tijolos nos ouvindo de dentro das paredes. Nosso canto mal saía da garganta já ganhava um formato tridimensional, arquitetônico, uma maquete física, no mínimo, e nos momentos de pico um transatlântico, um viaduto ou um trambolho qualquer, claramente visível fora de nós, com diagonal e linhas de fuga e coisas que tinham cheiro e temperatura e vinham junto com os tacos, os carpetes e a pintura descascada das paredes. Moravam aí. Era isso o que carregávamos depois nas costas, saltando sobre colchões em hoteizinhos do centro do Rio de Janeiro – vozes, textos célebres, secundários ou originais, mas também a própria matéria, a casca de um tronco, o pelo de um animal ou o granito reluzente de uma fonte de shopping,* alguém viu vocês fazerem isso?, *de perto, ao vivo, não,* por que não fizeram uma temporada no rádio ou na televisão?, *fugíamos disso como da peste, há uma peste em toda transmissão, uma peste com um poder de destruição que você nem consegue imaginar.*

Adeus, cavalo

(gesto enfatuado)

Em suma, recitavam textos clássicos, é isso?, *nós nunca recitávamos nada, principalmente isso, nunca memorizávamos nada, criávamos As Três Irmãs sem precisar do original, depois Os Suplicantes, depois A Morte do Caixeiro-Viajante, sem que tivéssemos lido uma linha.* As palavras saltavam das portas e gavetas dos armários empenados pedindo voz, um Ibsen embolorado nas pregas daquelas cortinas de filme de terror, nas manchas dos lençóis.

(gesto, um tapa na testa)

Parecia pedante, mas era humilde também, ou natural, ver a superfície do cavalinho de um carrossel de parque de diversões descer sobre nosso colchão como um dossel, e como foi que isso começou?, *não sei,* era um poder?, *sim, acho que sim, acho que era um poder,* era gostoso?, *sim, isso sim, fazia bem, para nós ao menos fazia muito bem,* era uma coisa que se podia tocar com as mãos?, *sim, sim, mas não somente isso, era uma voz também, principalmente uma voz e uma onda de tule e algodão, de colchões e de gritos aspirados, grudados fisicamente às paredes e às molduras de gesso do teto, uma fantasia gloriosa, um fliperama onde moravam nossos ídolos, dramaturgos e atores e iluminadores,* havia música?, *não, nós nunca gostamos de musicais, apenas a trilha inevitável que entrava pela janela e de que nunca conseguíamos fugir, acordes disparatados que incluíamos nas apresentações,* alguém ouvia vocês?, *sim, claro, os outros hóspedes, vizinhos que batiam na parede reclamando quando começava a contaminação,* como era a contaminação?

(gesto, agachando-se e bebendo a água do banho)

Essa é a pergunta.

(gesto, cuspindo de volta)

Acontecia sempre em duas etapas, a contaminação propriamente dita, virótica e inevitável, e aquilo que chamávamos de zona secundária, ou zona da influência, descreve isso para mim, Procópio, *a primeira etapa tirava os hóspedes dos seus quartos até arranharem nossa porta como gatos miando, pedindo para entrar. "Queremos ver!", diziam, "queremos ouvir! queremos saber! queremos a luz, a grana, a fantasia, queremos aquilo que não podemos querer", e nós, sem abrir a porta, "vão embora! façam seu próprio teatro, o nosso é sem plateia, não veem?" Então fugíamos dali em passos rápidos, aqueles fantasmas nos seguindo como mortos-vivos. Encontrávamos pela vizinhança pedaços de cenários, poltronas reviradas, ingressos, pipocas, frases soltas, restos de aplauso, fragmentos de espetáculos que pareciam ter acabado de acontecer. Era isso o que chamávamos de segunda etapa, a zona de influência, expandida e menos intensa do que a primeira, mas dissipada por largas regiões da cidade, subindo morros e descendo escadas, espalhando monólogos em pontos de ônibus, claques em pátios de escola, e vocês nunca se assustaram com isso?, isso o quê?, com esse poder, mas ele queimava sozinho em nossas pestanas, nas cortinas, na prostração dos bichos e dos postes enquanto fugíamos, nas ruas prometendo canto e movimento e principalmente naquele barro nos seguindo, aquele asfalto derretido todo, aquela catedral quebrando seus vitrais enquanto fugíamos, matéria de nosso teatro, de uma forma, Nelson, que sua voz transmitida em ondas de rádio e televisão, girando em bolachas escuras, reproduzida em elevadores, clubes do choro e almoços festivos, nunca, mas nunca vai entender. Nada em nós chamava a atenção nem comunicava, mandava mensagens ou pedia a palavra. Aqueles fantasmas de terno e peruca, chinelos e robe de chambre simplesmente nos seguiam como zumbis pedindo água, água?, sim, água, tinham uma sede que não acabava nunca, pediam uma água que não tínhamos para dar e recitavam poemas para nos atrair ou diminuir nossa concentração e a velocidade de nossos passos,* você está falando ainda da zona de influência?, *sim, claro, da mancha que deixava na cidade, às vezes encontrávamos escolas, cursinhos, empreiteiras, times de futebol, sindicatos de bancários, associações de pais e mestres, todos encenando Andrômaca ou Ifigênia em Áulis, em anfiteatros feitos de compensado rosa e betume, com palhoças ou cabanas improvisadas, apenas para nos distrair de nossa fuga, do incêndio que disparávamos nos pilares das pontes e no assoalho dos barcos, do estranho magnetismo que fazia gaivotas e urubus acompanharem nosso caminho voando em círculos que tinham nossa posição em seu centro exato. Mas não nos deixávamos deter, nunca nos iludimos com isso, não queríamos converter o público em atores, mas em fogos-fátuos portadores de monólogos, então seguíamos, agora sob vaias, sem sequer virar a cara – até descansar um pouco, alugar outro quarto e começar a contaminação tudo de novo.* Por quanto tempo fizeram isso?, *uns dois ou três anos.* CAVALO ASMA

E o que você quer comigo agora, Procópio, *quero pedir uma coisa, essa coisa que eu já pedi, mas antes quero ouvir você tocar,* isso eu não posso fazer.

(gesto, despejando água sobre a própria cabeça)

Cuida dele pra mim.

13.

Morreu! (fragmento de uma conversa com Ungaretti)

Isso nós sabemos muito bem. *O quê?* A maldição que ele deixa pra trás. *Qual maldição?* A maldição. Para nós. *Como assim?* A mesma maldição que Antonietto deixou: a de que nós continuamos. Seguimos em frente. O grande folgado, a boca cheia de pó, enquanto nós... tic-tac. CAVALO CINZAS NOS CABELOS

(passos lentos até o colchão, o cabelo pingando)

Não vê que ele está rindo no túmulo? Agora não envelhece mais. Isso acabou para ele. *Claro que não envelhece. Ele vai apodrecer! Virar pó.* Sim, vai, mas envelhecer, não. Isso não acontece mais com ele. *E daí?* Daí que neste momento ele não está mais envelhecendo, percebe a astúcia da coisa toda? Nós é que estamos. Eu e você. Isso já acabou para ele. Está rindo de nós. Por exemplo: ele sofreu, cansou, batalhou e agora descansa, certo? E isso te consola. Foi incrível o que ele fez. A integridade da sua vida. O número de pessoas que amou. Emocionou-se pensando nisso, não foi? Mas não invejo que descanse, invejo a sentença que deixou sobre nós. Queria eu ditá-la.

Que sentença, Ungaretti? Não estou entendendo nada.
CAVALO TOUPEIRA

"Terão de continuar respirando. Andando para lá e para cá. Sonhando. Acordando. Pedindo desculpas. Engolindo a saliva. Destilando uma enzima. Terão de ver o dia nascer", ele diria, apontando o dedo,

(gesto, dedo em riste para a banheira)

"e as folhas das árvores caírem. Elas terão de ficar amarelas e depois tombar uma a uma, bem na frente de vocês. Será necessariamente assim, todos os dias. Não há nada que vocês possam fazer para evitar isso."

(pausa)

Não há como fugir, o ponteiro de segundos terá de se mover bem na nossa cara. *Cara, fala direito.* Então imagine um palco onde ninguém pode desligar as luzes. Nem a plateia sair, nem os atores interromper a cena. Procópio foi poupado disso, virou as costas sem pedir aplausos, saiu do prédio, foi para casa e virou... o grande pagante! Ele teve essa escolha. Nós não tivemos. O espetáculo acabou, mas não para nós. Entendeu? *Que espetáculo? Que poupado? Que pagante? Não tem escolha nenhuma! Ele morreu, Ungaretti! Kaputt! Game over! Procópio morreu!*

Adeus, cavalo

14.
Anão albino

É aqui que me despeço. Voz que vem dentro da minha, dentro da mesma

(gesto, ajoelha-se no colchão)

urna literária. Nós dois ouvimos muito mais do que cantamos. Meu cavalo! Voz cavalo! Corda umbilical e verborrágica! Retórica, kitsch, autocomplacente, mas sempre poderosa. Lear de um churrasco numa laje. Há alguém ainda em nós? Pobres diabos nas ruas nos ouvindo, sem saber que nos ouviam nem que escutávamos atentamente, nos menores detalhes, os ruídos dos seus cadarços batendo na calçada, os zíperes que abriam, a profissão da senhora Warren misturada na comida a quilo. Vai, meu...

(pausa longa)

Quem foi você, que fez a dramaturgia de um caniço? A personagem de um barranco despencando, dos móveis novinhos boiando na sala em meio à enchente, inseto e prima-dona?
CAVALO MONÇÃO

Chovia bastante no Caju e eu não chorava nem um pouquinho. As pessoas me consolavam sem que eu precisasse consolo. Só queria sair dali depressa, ganhar de novo uma respiração mais larga. Ungaretti me agarrava pelo braço. Era a última vez que o veria. Depois da longa tarde do enterro de Procópio, desapareceu completamente em Niterói, a feiosa Niterói, erguida logo ali,

(gesto, a cabeça afundando no pescoço e os joelhos no colchão)

em frente à maravilhosa.

(gesto, movendo o queixo para cima e fitando o repórter)

Havia uma longa fila de chorosos e a bandeira do TSP envolvia o caixão. Uma flâmula do TEQP, feita de seda rosa, que tínhamos mandado tecer de sacanagem para distribuir nas igrejas e assembleias evangélicas, cobria o ícone da santa pomba, aqueles raios diagonais de prata falsa cinzelados em relevo, que enfeitava a tampa do caixão. As rosas cheiravam mal, adocicadas, e as coroas de flores pareciam duas orelhas imensas. Nunca mais veria Ungaretti. Caminhamos abraçados até o túmulo, seguindo o carrinho dos coveiros. Foi apenas quando as cordas receberam o peso do caixão embandeirado e uma salva de palmas ecoou que despertei de meu torpor. Vi, contra a terra escura, a minha voz janela, a voz de meu cavalo, emparedada lentamente; vi a cara das pessoas, das pessoas da "classe", como se dizia, significando "classe teatral", já aliviadas com o sumiço do

Adeus, cavalo

caixão, quando meu martírio apenas começava. Senti no peso amarrado àquelas cordas, na tensão de suas fibras, o peso da minha própria voz sendo levada e a perda de contato com o calçamento, as aves, os ciprestes e o sal marinho, com as chuvas e os clarões, e ainda o uivo que pulsa baixinho, feito um mantra, na respiração dos homens. Enquanto a cara das pessoas da "classe" *se iluminava, inclusive a de Ungaretti, senti que eu morria junto, mas ainda de forma confusa e abstrata, sem acesso à matéria concreta do que tinha vivido com ele, e que o pior para mim apenas começava. Vi, como num filme, tudo o que poderia ter feito e não faria mais, todas as ruazinhas que perdia, os monólogos sussurrados que não chegariam mais a meu ouvido, sussurrados de dentro do desenho de um carpete que recobre os tacos de um quarto de hotel qualquer. Mas, principalmente, vi o que de fato faria, a sequência imediata dos meus passos, ou seja, seguir em linha reta, tristemente eufórico, sobreviver, como Procópio profetizara, longe do nosso viveiro de vozes se mascando.* CAVALO CANOA

Então meus ouvidos foram atraídos, não pelo murmúrio das pessoas cantando um samba que chamava a si mesmo de "mensageiro", um samba que Procópio adorava e seus amigos entoavam num coro triste, não foi esse o murmúrio que ergueu minha cabeça, e sim o ruído metálico de patas, sim, patas de um cavalo em meio aos túmulos, ali no cemitério do Caju. Senti nas pálpebras a luz daquele fim de tarde carioca, a parede luminosa contra o cubo cinzento da chuva que acabara de cair. Senti essa luz mestiça ferir meus olhos, que demoravam pelo túmulo

onde tinham enfiado, inteirinho, bem-vestido e maquiado, o cabelo preso para trás, meu pobre Procópio, o mais nobre dos cavalos. Levantando a cara antes de todos, vi, numa imagem de despedida, aquele anão albino cavalgando entre gotículas bem no centro de um raio largo e luminoso, separado por paredes nítidas do cubo cinzento onde a chuva aguardava a hora de voltar. Vinha num passo lento sobre um cavalo marrom, em seu conjunto impecável de polícia militar, como uma figura de outro mundo que em momentos de desespero visitasse os homens. Ungaretti apertou meu braço e falou em meu ouvido, rápido e aflito, Olha, é o Nelson Cavaquinho!, mas as pessoas ainda cantavam e não me movi, esperando o final do samba e do som lúgubre das pazadas. Quando ergui os olhos novamente, o cavalo ia longe, já no fundo das alamedas que agora, formando fileiras, nós, da "classe", percorríamos com passos lerdos, os pés pesados, sem reparar no largo rol de nomes e datas, nas frases frias firmadas no bronze das placas. Pedi então a Ungaretti que chamasse o cavaleiro,
CAVALO UM REMO

pois queria conversar com ele,

(gesto, girando o corpo todo para a parede)

que chamasse agora mesmo, erguendo os braços ou mesmo gritando seu nome, Ei, Nelson, venha aqui. Mas Ungaretti não quis gritar, evitando chamar a atenção para a estranha aparição, aquele centauro albino em que só nós dois parecíamos reparar. Então, soprando em meu ouvido, bem baixinho, Receba as condolências dessas pessoas, *segurando-me pelos ombros, fez com que eu girasse nos calcanhares e enfrentasse a longa fila que, saindo da cidade tumular para um largo de cedros e pinheiros, apertava a minha mão e dizia* Meus pêsames *ou* Vê se não some. *Quando me voltei para o lado oposto, depois de seis ou sete minutos de cumprimentos, Ungaretti conversava ainda com o cavaleiro.* Ele quer encontrá-lo, *disse, entusiasmado, assim que o alcancei, e não sei por que seu sotaque italiano pareceu tão nítido,* mas não aqui, não perto dos túmulos. *Onde, então?, perguntei.* Entre os arcos, sob o trilho do velho bonde. CAVALO APITO

Para lá nos dirigimos a passos largos, cruzando calçamentos, pedregulhos e poças enlameadas. Mas subitamente Ungaretti, e essa era a última vez que o veria, embora saiba que vive ainda na feiosa Niterói, tendo assistido de lá à escalada de meu nome pelos teatros do Rio, pelos letreiros luminosos e propagandas de televisão e mesmo faixas em letras garrafais arrastadas por aviões monomotores em dias de muito sol, subitamente Ungaretti saltou para dentro de um ônibus em movimento e, com uma agilidade que não conhecia nele, fez um gesto discreto que, por ser tão seguro, indicando premeditação, e vindo nós de onde vínhamos, do enterro de Procópio, e ainda pela expressão que estampava no rosto, eu entendi como um adeus definitivo. Fez esse pequeno gesto de batedor de carteiras e disse Prometeu, agora você está sozinho!, *não com a voz mas com os lábios, e em seguida, já num grito alto e alegre, que todos à nossa volta puderam ouvir,* Viva Antonietto! CAVALO FAROL

Me senti estranhamente bem, quase eufórico mesmo, ao seguir sozinho pelo calçamento da época do Império, aqueles pequenos cubos de pedra que escravos ou semiescravos cravaram na areia, até chegar aos arcos. Já transeunte e não montado, arrastando seu cavalo pelo freio, vi o anão albino caminhando em minha direção, a cara, agora eu percebia, de um jabuti que sofrera muito, mas já não sofria.

(pausa breve)

Eu canto, *disse Nelson Cavaquinho assim que me aproximei, numa voz a que faltavam os agudos,* eu canto e perpetuo. *E num gesto largo, como se apresentasse aqueles arcos a um turista ou fosse um papa abençoando toda a cidade, completou lentamente um círculo, o braço direito imóvel e estendido.* Não quero que você procure o ritmo. Não há, *e como um maestro sacode a baqueta antes que a orquestra o acompanhe, bateu levemente o dedo sobre a testa antes de recomeçar a falar, enfatizando esse pequeno gesto com o movimento das sobrancelhas.*

(gesto, o dedo indicador cutucando a testa)

Não há batimento comum às coisas, como havia antes. Era isso que buscávamos, mas a dissolução chuvosa da paisagem, violenta e aziaga, desfez toda possibilidade de um coro. Não há também, por outro lado, *e agora seu dedo desceu lentamente da testa para o sexo, por dentro de seu impecável uniforme policial,*

Adeus, cavalo

(gesto, segurando o sexo com as mãos)

não há solidão real no mundo. Em suma, não há mais ninguém sozinho.

(pausa ainda mais breve)

Tudo canta, dispersivo e sem batuque, procurando público, levando a vida a cantar. Corpos cuspidos do trilho seguro para o barranco e o muro, amor emparedado, filhos que não nasceram, pequenos poemas que viraram grito, matéria sonora sem ordem nem retorno, tudo isso formou uma massa invencível, um peso sem contraponto numa balança que ninguém vê. Lutamos contra isso, mas perdemos, diariamente perdemos, e não podemos denunciar, nem mesmo nos queixar a ninguém. Então, amigo de Ungaretti, amante de Procópio, aspire calmamente o ar dessa baía.

(gesto redondo, abrindo as duas mãos)

Não é o que Procópio queria de mim, não é o que ele esperava de mim. Sei que se decepcionou comigo, pois fugi, se não à sopa das mil vozes, à sua prática diária em pequenos quartos de hotel do centro do Rio. Sim, disse Nelson, e agora olhava seu cavalo bem de perto, como se falasse com ele e não comigo. *O movimento das orelhas do animal, num efeito cômico, correspondia perfeitamente ao ritmo do que dizia.* Mas como carregar o projeto alheio? Saiba, Procópio me ensinou os passos da subida, CAVALO CAVALO não o mourejar lento de um escravo até a cruz, mas o ritmo sincopado que há na lama, nos desastres que a chuva causa, o passo das inundações, dos bichos mancos e sem asa. Procópio me ensinou a desejar a queda dos barrancos e a sobreviver a ela. Mas eu tinha de seguir sem isso, sem essa mistura de paetês e de cadáveres, tinha de descobrir o mi maior que há numa parede,

(gesto largo e circular, girando todo o corpo)

não no incêndio, não no final da tarde. Em suma, tive de me livrar de Procópio. *Batendo levemente sobre a nádega do cavalo com o qual ainda há pouco conversava, murmurando* Eia, eiiia, *para acalmar o animal que disparou, num trote perigoso, pelo calçamento liso sob os arcos, e repetindo, embora já estivesse longe, e como se o chamasse pelo nome,* Eeeia, Tarde de Maio, *Nelson Cavaquinho alisou com a mão esquerda a cabeleira branca, mudando-a de lado, e gritou ao cavalo, com aquela voz a que faltavam os agudos,* Volte pra casa, baio!*, enquanto virava o rosto em minha direção. Vi quanto era marcado, como uma serpente tatuada pelo chão, e como eram amarelos os seus dentes, exsudando pinga e tabaco.* É foda desejar o que é passado.

(gesto, erguendo a mão direita subitamente e mudando a posição dos joelhos no colchão)

Nunca volte para casa.

Adeus, cavalo

(gesto, abaixando a mão e deitando-se de lado, o rosto virado para a parede)

Aponte o dedo para o céu, como quem chama um raio.

(pausa)

Fitando o animal que galopava, como se nada tivesse a acrescentar às três frases desconexas que acabara de dizer, Nelson Cavaquinho botou as duas mãos sobre meus ombros, alcançando-os com esforço, e tão de baixo. Enquanto me sacudia levemente, disse com pausa e gravidade, num volume de voz que só a mim chegava: Veja. Veja. Ainda um passo. *Olhei, sobre os fios brancos de seu cabelo, a cidade iluminada pelos letreiros do comércio que fechava. Meu rosto, que não chorara ainda, que atravessara o enterro distraído, fugindo ao enxame infindável de palavras e gestos tolos, meu rosto sentiu correr por suas curvas, maçãs, narinas, queixo, lábios, chegando mesmo às omoplatas, aos borbotões e em cascata, as lágrimas adiadas, e minha respiração ficou mais larga. Soltando meus ombros (os dedos pareciam garras), colheu com o polegar uma delas e levou-a aos lábios de jabuti, cerrados e sem derme, como uma iguaria cujo sabor provasse.* Eeeia, shhhh, felicidade, *murmurou baixinho, e beijou-me. Nelson Cavaquinho beijou a minha face.*

15.
Adeus, cavalo

O jornalista enxergou afinal o que tinha diante dos olhos: um velho seminu e enrugado, encolhido na extremidade do colchão, fitando a parede. *Vamos, é hora de dormir*, disse, temeroso, enquanto empurrava seus ombros para baixo. Cobriu-o com o edredom que encontrou aos pés da cama, enfiando as bordas cuidadosamente sob seu corpo, e esperou até que parasse de tremer. Fechou seus olhos como se faz a um defunto, murmurou *boa noite* e saiu do quarto, sorrateiro. Chegando ao saguão, esperou que o portão abrisse e conferiu se o bloco de anotações estava no bolso. A cidade acordava. Ergueu a mão para um táxi. Adeus, cavalo.

(2014-2017)

Adeus, cavalo

1. A máscara branca..7
2. Cavalo...10
3. Os homens de guarda-chuva 14
4. Técnica..17
5. Noite de estreia ("O cerejal")..22
6. Aplauso 23
7. "Um comunicado à Academia" (*a primeira vez que vi Procópio em cena*)...25
8. Procópio..27
9. Ungaretti...35
10. 4 de março de 1974 (a ponte é inaugurada)......................................41
11. Um solo..48
12. Um diálogo entre Nelson e Procópio, transcrito por Procópio......53
13. *Morreu!* (fragmento de uma conversa com Ungaretti) 61
14. Anão albino 63
15. Adeus, cavalo 72

Nuno Ramos nasceu em São Paulo em 1960. É artista plástico, compositor e escritor.

Escreveu os livros *Cujo* (1993); *Minha fantasma* (2000); *O pão do corvo* (2001); *Ensaio geral* (2007); *Ó* (2009, prêmio Portugal-Telecom Melhor Livro do Ano); *O mau vidraceiro* (2010); *Junco* (2011, prêmio Portugal--Telecom Melhor Livro de Poesia do Ano) e *Sermões* (2015).

A Iluminuras está republicando toda a sua obra de ficção.

Copyright © 2017
Nuno Ramos

Copyright © 2017 desta edição
Editora Iluminuras Ltda.

Capa e composição
Julio Dui e Nuno Ramos

Capa
Carimbo sobre papel kraft.

Revisão
Bruno D'Abruzzo

CIP-BRASIL. CATALOGAÇÃO NA PUBLICAÇÃO
SINDICATO NACIONAL DOS EDITORES DE LIVROS, RJ
R144a

Ramos, Nuno
    Adeus cavalo / Nuno Ramos. - 1. ed. - São Paulo : Iluminuras, 2017. –
1. Reimpressão, 2020.
    80 p. : il. ; 21 cm.

    ISBN 9788573215700

    1. Romance brasileiro. I. Título.

17-43556   CDD:
               CDU: 869.93
               821.134.3(81)-3

2020
Editora Iluminuras Ltda
Rua Inácio Pereira da Rocha, 389
05432-011 - São Paulo - SP - Brasil
Tel./Fax: 55 11 3031-6161
iluminuras@iluminuras.com.br
www.iluminuras.com.br

Este livro foi composto em *Chronicle Text G1* e terminou de ser impresso em 2020 nas oficinas da *Pyam Gráfica*, em São Bernardo do Campo, SP, sobre papel offwhite 80 gramas.